Poesie V di Viola

Un tributo alla mia famiglia, al mio cognome

TERESA VIOLA

Dedico questo libro a mio figlio.
Con l'augurio di regalargli e regalare ai lettori delle
belle sensazioni

MANOSCRITTIEBOOK

manoscrittiebook@libero.it

In memoria della mia carissima nonna, che ho perso quando avevo dieci anni e ancora vive nella mia memoria

Ai gentili lettori

Rieccomi a voi, spero che i miei due precedenti libri vi abbiano donato emozioni intense.

Quest'ultimo libretto è un'antologia di poesie. Mi ripropongo alla vostra cortese attenzione, sperando ancora di non deludervi. Mi è caro il vostro giudizio, senza il vostro interesse non saremmo nulla.

Adoro voi tutti, umanamente vi abbraccio, auspicandovi tanta allegria. Vi saluto

Teresa Viola

LE POESIE V di VIOLA

un tributo alle mie origini alla mia famiglia

VIOLA

Sono daccapo rifiorita nell'aiuola per la gioia di quella dolce figliola, la quale ogni anno attende che rinasca a lei piacciono il mio soave profumo e le mie foglie a forma di cuore.

Sono esile e delicata, ma la stagione è l'ideale non fa troppo caldo mi farebbe appassire, e il lieve venticello mi culla.

Sono la viola mammola anche se non sono variopinta e ho la corolla piccolina sono odorosa.

Vi prego non recidetemi per nessuna ragione,

tanto meno per finire dentro ad un libro
ingiallita dal tempo; voglio godermi l'aria aperta
rimanere viva.

IL TRENO

Cammino su un unico binario anche se a volte
lo scambio, sovente seguo un lungo itinerario,
arrivo in un battibaleno.

Sono molto pieno di studenti e lavoratori, ma
altre volte meno.

Vedo partenze più tristi il volto delle persone
solcate di lacrime; comprendo sono di ferro ma
ho un animo anche io.

Non abbiate timore il conducente è intelligente
farà arrivare in salvo tutta la gente.

Qualche trasgressore sale senza il biglietto
anche se sono conveniente, ogni tanto capita il
deficiente è deprimente.

Adesso sono nuovamente di transito il mio
ruolo è pesante vi mando un saluto con un
fischio e di tutti me ne infischio.

CAREZZA

Con la brezza del mare scambiamoci una carezza, iniziamo con delicatezza, ci dà ebbrezza, attimi fuggevoli indimenticabili di dolcezza, niente e nessuno li spezza, il cerchio si chiude intorno a noi.

Siamo soli due anime che si saldano con tenerezza, senz'altro ci dona più consapevolezza a gettare le basi della passione e dell'amore.

SPIGHE DI GRANO

Splendono sotto i raggi del sole d'estate, le estese sterminate di esili spighe d'orate già sono alte e sono maturate, tra poco vanno trebbiate, scartate e macinate.

Già mi sembra di sentire il buono odore del pane, con le belle pagnottelle appena sfornate.

Per portarle a tavola quanta fatica nemmeno immaginate.

Comunque buon appetito non ci pensate e soprattutto non lo gettate.

FATA

Nel bosco sei nata, per non bagnarti con la pioggia sotto un fungo ti sei riparata, sopra un fiore ti sei posata, ad esso ti sei mimetizzata e con il suo polline cibata. Sei la fata tanto decantata. Occhi turchini, chioma dorata, vestita argentata.

L'AQUILONE

Il bambino si è svegliato è già mattino. È una bella giornata col cielo turchino. Si svolge la gara degli aquiloni nel villaggio vicino. Luigino ha fretta di far volare il suo, corre e va. Altri bambini corrono nel prato tenendo nelle mani il filo stretto stretto, intenti a farli volare, complice un venticello primaverile. Tutti pronti per inizio gara a chi lo fa salire più in alto. I bambini corrono, scendono da una stretta stradina scoscesa. Luigino cade, inciampa il suo aquilone gli sfugge dalle piccole manine, piange si dispera; può vederlo che gli sta volando altissimo, fino a diventare un puntino. È davvero il più alto e il più lontano di tutti. Ebbene inaspettatamente lo hanno premiato.

Fa ritorno a casa rallegrato, incoraggiato, stringe forte a sé il pupazzo di peluche più alto di lui con il quale è stato premiato.

LA PIOGGIA

Scende fitta fitta, di stare a casa si approfitta, ogni impegno slitta. Invento un pretesto avviso la mia ditta. Stamane rimango a letto il giorno è perfetto, mi circondo di libri, riviste, cellulare, di tutto. Lo scroscio della pioggia aumenta, mi alzo osservo da dietro i vetri; non pioveva da mesi così copiosa, i fossati sono colmi, non c'è molto traffico, basta un temporale a cambiare la vita normale. La malinconia assale, rimedio ascoltando musica, canzoni, menomale.

IN QUESTE MURA

Sono tra queste mura, il mio pensiero vola in alto nel cielo, ne ho abbastanza troppo dolore, giro come folle nella stanza, sento la tua mancanza. Il sangue non è acqua c'è tra noi una somiglianza. Da piccolina mi tenevi sempre vicina, ti porgevo sempre la manina mia dolce cara nonnina. Tante cose sono cambiate quaggiù, da quando non ci sei più, queste mura erano illuminate dalla tua presenza, ancora mi pesa la tua assenza. Dietro queste mura ti penserò ad oltranza.

LA MOTO

Ambita compagna di viaggio, vi scorrazzano con coraggio, sfidano il pericolo per loro è ridicolo. Tra impennate e sorpassi sono folli questi satanassi, si credono degli assi.

La loro vita è sempre una gara, così la rendono meno amara. Ti scelgono bella nuovissima e potente ti usano e custodiscono gelosamente.

ARCOBALENO

La tua spettacolare apparizione ci dona una bella sensazione, distogliendoci anche se sei effimero da qualche pensiero. Origini da un incontro bizzarro tra il sole e la pioggia, arco luminoso, radioso ci doni i colori più fastosi, meravigliosi come quelli della bandiera della pace. Vorremmo che rimanessi dove sei per sempre, ma come spesso avviene tutte le cose più belle sono passeggere.

DOLCE ATTESA

Mi sento al settimo cielo, come se potessi volare. Padrona dell'universo. Raggiante, radiosa, orgogliosa, ma allo stesso tempo pensierosa; vorrei sempre proteggerti come l'attesa. Preparo tutto con attenzione, con cura per accogliere la mia divinità, il mio dono più bello di ogni età. Finalmente arrivi. Tutt'oggi alcuni attimi ti rivedo di quell'età.

APPLAUSO

Il presentatore nomina il cantante che sale sul palco, si esibisce cantando una canzone d'amore, dal titolo "senza rancore". Ascoltandola s'intrecciano sentimenti di amore-odio abbastanza emozionante, triste in quanto parla di un abbandono. Ciò che il pubblico apprezza la voce, l'espressività interpretativa, l'emozione che infonde. Tutti applaudono la cantautrice si emoziona, spiega che ha composto testo e musica, una storia che la riguarda. Mestamente scende dal palco gli si avvicina un bell'uomo e si sciolgono in un abbraccio interminabile, altri applausi scroscianti. Adesso il suo stato d'animo rende il suo aspetto sicura di sé, il suo sguardo è brillante.

ATTENZIONE

Il tuo sguardo si posa assiduamente su di me, la tua attenzione, la tua gentilezza mi danno soddisfazione, pendi dalle mie labbra, mi insegui, mi telefoni, mi fai regali. Alla fine senza un valido motivo, la tua attenzione cambia in distrazione.

Hai fatto tutto tu istrione.

ALLA MIA ETÀ

Si capisce prima tutto ciò che non va. Nei sentimenti si cerca più stabilità, si detestano di più le falsità, si dà il cuore con più irremovibilità. Fino a raggiungere in tutto il colmo dell'esistenza, la sazietà.

FOGLIA D'AUTUNNO

Osservo staccarti dalla vita e cadere a terra stanca e leggera, un'altra a posto tuo in primavera spunterà, a te il vento ti porterà via e a quello sguardo un ricordo ingiallito rimarrà. Colui che ritornerà una nuova fronde troverà e felice rimarrà.

La foglia d'autunno si dimenticherà.

BUON COMPLEANNO

Un altro anno è passato, sempre più in fretta se né andato, sono sgomentato, nulla di nuovo e di buono ho realizzato. Mi hanno licenziato ed un amore non l'ho ancora trovato, è immotivato non ho nulla di sbagliato. Poi ho pensato; ma va sono esagerato, la vita si vive come capita, senza essere dagli avvenimenti condizionato. Ogni vita ha il suo valore tutto sommato, splendido la speranza non mi ha lasciato, felici pensieri ho formulato.

SGUARDO

Ti guardo intensamente di quella che ti è accanto non me ne frega niente, pertanto non può entrare nella mia mente. Mi piaci veramente, ma non ti posso parlare, allo sguardo mi devo limitare. I miei occhi faccio brillare, sta a te captare. L'altra devi mollare se con me una storia vuoi iniziare. Intanto uno sguardo fa sognare.

PENNA D'ORO

Ti stringo forte tra le mani, da una vita che sei la mia bacchetta magica, la custode dei miei pensieri, colei che si esprime a posto della mia parola; sei la mia spada, e non ultima il mio lavoro. Da te si può creare un capolavoro e poi farne un tesoro. Quante mani importanti ti hanno sorretta eri la loro prediletta. Ogni premio Nobel anche a te spetta.

MANO NELLA MANO

Mano nella mano corriamo lontano da ciò che ci circonda, nel nostro mondo ci isoliamo. Siamo noi due unico universo, bastiamo, ci completiamo, follemente ci amiamo.

Soltanto con la fantasia sconfiniamo in un mondo immaginario ci fermiamo, là ci amiamo. Passa il tempo noi non lo consideriamo, fino all'ultimo respiro mano nella mano ci ritroviamo.

ARIA

Mi manchi come l'aria sento la tua presenza
necessaria, lasciarti andare è stata una follia, mi
sta assalendo la nostalgia. Adesso sto valutando
sei la persona più speciale che ci sia, non stare
più via. Incominciamo tutto daccapo il rancore
lo lascerò via. Sei essenziale come l'aria.

NAUFRAGO

Il nostro amore è naufragato, in alto mare l'ho gettato, non ti preoccupare non ti ho rimpiazzato, più in alto ho mirato, la libertà ho riconquistato.

ESTATE

Arriva l'estate con le sue notti rallegrate dalle molteplici feste organizzate, le strade con i festoni illuminate. Quelli che non vanno lontano hanno il passatempo a portata di mano, i più non si vedono più la tv sdraiati sul divano. Anche molti anziani si riversano in strada e per molte ore passeggiano. Scongiurando la solitudine, il tedio. Molti amori, cuori sognano, si risvegliano, nuove conoscenze, passioni, storie credute passate riaffiorano; tutto è speranza e allegria, la più bella stagione che ci sia.

LA SCOPERTA

Con te bisogna stare sempre all'erta, rivedi sempre Roberta, ma non l'avevi lasciata? E lei come ci sta quella sciagurata, se la prima volta l'hai fregata; come l'hai rimorchiata. Sono dalle tue bugie urtata, dalla tua falsità, l'immaturità non ha età. Ma dopo questa scoperta sono io che ti ridò la libertà, io amo la fedeltà, la lealtà.

LA MIA PATRIA

Una democrazia sbagliata ti ha svalutata, chi ha governato, della tua lode non si è affatto preoccupato. Molti soldi hanno intascato a tuo e a nostro discapito. Ma sono certa che rifiorirai sei sempre "il bel paese"; e i tuoi meriti ti riprenderai. La grandiosità della nostra storica civiltà, la nostra cultura, i tantissimi personaggi insigni, le bellezze del territorio.

Cittadini mettiamoci di buona volontà, ripuliamo la nostra patria da ciò che non va.

TEMPI MIGLIORI

Poter camminare su di un tappeto di fiori, dare la mano e sorridere ai nostri fratelli senza rancori. Letizia sempre nei nostri cuori, vivere una vita a colori, con pochi oneri avere molti onori; scoprire molti tesori. Per finire una clonazione perfetta, identica, per avere sempre con me tutti i miei amori.

VITA

La vita è bella quando è tutta in salita. Impennate verso il successo, arrampicarsi e riuscire ad abbattere degli ostacoli, delle barriere, salire la scala sociale e fare più fortuna. La vita bisogna saperla giocare come una partita a scacchi, prenderla in giro come fa con noi poveri mortali. Questo alla fine è il senso della vita raggirarla, essere arditi e furbi. Parola d'ordine uguale ad azzardare, ricominciare. Chi si arrende è finita.

FIORDALISO E PAPAVERO

Entrambi si trovano sul ciglio di una stradina sterrata di campagna. Il fiordaliso insulta insolente il papavero dicendogli: Ehi tu! Fatti più in là, io ho il colore del cielo merito stare in un posto più in alto, migliore rispetto te.

Il papavero risponde: illuso il mio è il colore della passione accende i cuori, sono pittoresco raffigurato in tanti bei dipinti di pittori famosi.

Taci! Fiordaliso può essere anche il nome di una persona, tu no, mai sentito qualcuno chiamarsi papavero sarebbe ridicolo.

Il fiordaliso ribatte: io sono più raro a chi mi vede strappo un sorriso. Nel frattempo passa una bambina accenna un sorriso e raccoglie papaveri e fiordalisi ne fa un bel mazzetto allegramente li porta via con sé.

Brilla il sole nella stradina di campagna.

PIÙ

Più di così non posso amarti, ma tu fingi di non capirlo, più sto con te, più non sopporto la tua assenza, forse non ti basta la mia dimostrazione; ma tu non mi aiuti a fare di più ad essere più esplicita. Ma non sto sopportando più questo tuo atteggiamento da indeciso. Da parte mia lo sai quello che provo per te. Adesso fai come me, altrimenti non mi vedrai mai più.

MATTANZA

I tonni imprigionati nella camera della morte, iniziano la macabra danza, si dibattono per non morire, senza alcuna pietà, il mare si tinge di rosso, guardare non posso, ne muoiono in abbondanza, tutta colpa di questa cruenta usanza.

AUTOMOBILE

Sfrecci per le strade, sei indispensabile ai nostri giorni, insostituibile, anche se le spese per mantenerti sono insostenibili. Sei curata, lucida e pulita, anche revisionata; talvolta ti hanno pure truccata per farti andare più accelerata. Sarai sempre più evoluta non rimarrai mai antiquata. Anche quando invecchi, mi viene difficile sostituirti, sei appartenuta a me e alla mia famiglia. Un pezzo della mia vita l'ho trascorso anche con te.

DELUSIONE

Averti conosciuto non mi dà ormai nessuna emozione, anche se ero convinta l'opposto e per questo non so farmene una ragione, sarà perché mi davi sempre ragione, anche se ragione non tanto ne avevo. Anche perché sopportavi ogni umiliazione, eri troppo buono con tutti. Ma ti auguro che troverai chi meglio di me sappia capirti. Così ne ricaverai una bella relazione. Tu mettici tutta l'intenzione non prendere una delusione.

CARNEVALE

Sfilano le maschere lungo il viale è carnevale. C'è pure Arlecchino non manca mai fisico minutino è un birichino, salta, scherza, corre, poi salta su un carro che rappresenta un personaggio famoso, getta addosso alla folla coriandoli e stelle filanti.

Francamente tra tantissimi costumi tutti colorati e fastosi il classico arlecchino è sempre carino con i suoi rombi coloratissimi. Il viale si riempie di carri è affollatissimo, camminare è un problema, salgo anch'io su di un carro e via all'allegria.

PENSIONE

Vado in pensione non voglio perdermi l'occasione, ma non voglio farmi il pancione, farò della mia vita una rivoluzione. Ci metto almeno l'intenzione. Diventerò padrona del mondo, girerò in lungo e in largo come un mappamondo. Diventerò fuggevole come fossi un'evasa. Di ogni attimo farò un capolavoro, un buon addio al lavoro non vi sembra.

SILENZIO

Profondo angosciante, ti insinui nella mia mente fino alle ossa, cerco di tenerti distante, ascolto musica in un istante, altrimenti diventa devastante, distrarsi sempre è importante.

Queste sono in totale 34 poesie suddivise in due raccolte. La prima, composta da 15 componimenti, è denominata *Il libro Viola* in onore al mio cognome.

La seconda raccolta raccoglie tutto quanto voglio esprimere, trasmettere, tutta la mia fantasia. Sono in totale 19 poesie.